清沢桂太郎詩集

生きる

——独創的な研究者を目指して

ブックウェイ

プロローグ

切る縁と切らるる縁と結ぶ縁
その中でありあなたとの縁

——沈黙しつづけた神への手紙の追伸

目次

プロローグ

真空には何かが満ちている
――素朴な疑問　6
死にとうない　18
分水嶺　22
何の墓標も立てられずに　26
赤西蠣太　30
激しくうごめく地球　36
もっと光を！　42
生きるとは　50
不条理に対する戦い　56
本能寺の変から関ヶ原の戦いまで　58
空《くう》についての覚書　62

東京二〇二〇オリンピック・パラリンピックが終わった　76
全てのことには終わりがある　80
不変の真理　82
ＡＩと現代詩　86
独創的な研究者に　92

エピローグ

あとがき

真空には何かが満ちている
——素朴な疑問

地球は一日約二十四時間で自転し
約三百六十五日で太陽の周りを公転している

これは非常に長い年月にわたって
変わらない

地球上には地表に接するように空気の層があるが
この空気の層と自転する地表との界面での摩擦力は
地球の自転を止めるブレーキにはなっていない

地球と太陽の間にも
地球の公転を止めるような物質はない

宇宙の星と星との間は
何もない真空なのだ

しかし　地球と太陽の間には
重力による万有引力という力が働いていて
地球が太陽から離れて
どこかへ行ってしまうということはない

引力である重力は
真空の中を通って
物質と物質の間

星と星の間に働いている力なのだ

ところが最近の天文学者と物理学者は
奇妙なことを言う
　真空には何かが満ちている
と　禅問答のように

その一つが
ダークマター（暗黒物質）だ

ダークとは「暗い」「謎のような」という英語だが
ダークマターとは
いくら光学望遠鏡や電波望遠鏡で観測しようとしても
観測できないし

その他の物理学的手段で測定しようとしても
測定できないが
重力は持っている存在だということらしい

最近　太陽系の外にも
太陽の周りを公転している
水星　金星　地球　火星　木星　土星のような
惑星がある恒星が見つかってきた

それは地球上に住む私たちが
最近になって
それらの恒星の周りを公転している惑星を
その惑星が恒星の真上を通る間は
恒星が放つ光の強度がわずかだけ弱くなるという現象を

測定する技術と理論を持つようになって
同定できるようになったからだ

恒星までの距離が地球から遠くなればなるほど
その恒星の周りを公転している惑星があっても
同定することは難しくなってくる

さらに　電磁波の一種である光さえも
飛び出ることが出来ないほど
無限大に近い巨大な大きさの質量と重力を持つ
ブラックホールの存在が
明らかにされてきた

ハッブル宇宙望遠鏡の

短時間の観測では暗黒の空間にも
一週間にわたる観測では
無数に見えてくる銀河や銀河団がある

ハッブル宇宙望遠鏡による一週間にわたる観測では
暗黒に見える空間にも
四、五週間にわたる観測では
さらに多くのブラックホールを含む銀河や銀河団が
見えてくるかもしれない

ダークマターとは
地球上に住む私たちが
光学望遠鏡である
ハッブル宇宙望遠鏡やすばる望遠鏡や

電波望遠鏡で観測できないし
現在所有するその他の物理学的な手段では
測定できないが
重力を持つ存在ならば
地球から遠く離れた恒星の周りを公転している
光も電磁波も出さない惑星や小惑星群や
土星の輪を形成している
色々な大きさの氷の塊の群のようなものや
光さえも飛び出すことが出来ないほどの
無限大に近い巨大な質量をもつブラックホールは皆
ダークマターではないのか

もし　ダークマターが
光を放っている無限に遠く無数にある

恒星の周りを公転している
光や電磁波を出さない惑星や小惑星群や
土星の輪を形成している氷の塊の群のようなものや
百億光年前後以上離れたまだ同定されていない
無限大に近い巨大な質量と重力を持った
ブラックホールを含む
宇宙の真空の空間に存在する恒星や惑星や
銀河や銀河団であるならば
現在推定されている宇宙を構成する物質の質量の
何倍も存在するのではないか

私たちはまだ
宇宙の体積と質量に関する
正確な数値を知らないし

宇宙の密度は
その質量が無限大に近い巨大なブラックホールを含む
宇宙空間のいたるところで一定なのか
不均一なのかも知らない

ダークマター（暗黒物質）とは
現在の私たち人類の宇宙に関する智慧と知識と
観測技術の未熟さに由来する
仮想的な「謎のような」物質ではないのか

ダークマターとは今から百三十八億年前に起きた
時間も空間もない無の揺らぎの中で突然に現れた
原子核よりも小さく質量が莫大な存在の
インフレーションとそれに続くビッグバンで発生した

光と物質を基礎に発生している
現在の宇宙の膨張の基礎になる
ダークエネルギーとは全く別の物ではないのか

◇　◇

現在も宇宙のどこかでは
新しい星が生成し
その中で太陽のように
核融合が起こっていて膨大なエネルギーを
宇宙空間に放出している星がある

核融合は
核融合や核分裂を伴わない化学や物理学の広い分野で

成立しているエネルギー保存の法則とは異なり
質量ｍが膨大なエネルギーＥに

$E = mc^2$

と変換される現象だ
ここでｃは光の速度だ

現在　新しく誕生しつつある星や
太陽や太陽と同じか太陽よりも大きな質量の
星の中で起こっている核融合や
超新星爆発や
宇宙の空間をゆがめて重力波を発生させるような
膨大なエネルギーを宇宙に発散させる
中性子星同士の合体に伴って発生するエネルギーなどは
皆　質量ｍが膨大なエネルギーＥに変換される

エネルギー生成現象だ

ビッグバン以降現在までの宇宙は
その中に　エネルギー保存則には従わない
ビッグバンとその後に現れた物質の
質量mが
　$E = mc^2$
と常に新しいエネルギーを生成する過程を内包する
エネルギー生成系なのだ

これが
ダークエネルギーの
正体ではないのか

死にとうない

仙厓和尚が言ったように
私もつぶやいてみる

どんなことをしても
私たちは死から逃れることは
できないのに
八十歳になって
私はつぶやいてみる
　死にとうない

私は八十歳になっても
三時間の筋肉トレーニングを続けるようにしていたら
若い頃はあれほど恐怖していた死について
ほとんど気にしなくなったが
論理的には必ずやってくることが分かっている
死を前にしてつぶやいてみる
　死にとうない

煩悩の一つであることは
十分に分かっているのに
八十歳になってつぶやいてみる
　死にとうない

そして今日も

筋肉トレーニングに励む
老いの限界に向かって

分水嶺

同じ雨なのに
風などの偶然によって
わずか一ミリだけ太平洋側に
落ちた雨粒は
太平洋へ向かって本州ならば
南か東へ流れる谷川となり
川となって
太平洋へそそぎ

同じ雨なのに

風などの偶然によって
わずか一ミリだけ日本海側へ
落ちた雨粒は
日本海へ向かって本州ならば
北か西へ流れる谷川となり
川となって
日本海へそそぐ

同じ雨なのに
分水嶺で偶然に分けられた私は
今　太平洋へ向かって
流れているのだろうか
あるいは
日本海へ向かって

流れているのだろうか
大河の一滴として

何の墓標も立てられずに

何故　詩人は詩を書き
詩集として世に出すのであろうか
何故　歌人は短歌を詠み
歌集を出すのであろうか
何故　俳人は俳句を詠み
句集を出すのであろうか

昭和の初めころまでは
詩人と呼ばれ　歌人と呼ばれ
俳人と呼ばれた人もまだ少なく

その人たちの詩集や歌集や句集は
世の人たちに詩集として　歌集として
句集として受け取られた

今は沢山の人たちが詩を書き
短歌や俳句を詠み
無数の詩集や歌集や句集が
出産されてゆく

それは詩人歌人俳人の
生の静かな叫び　生の控えめな主張
おずおずとした生の証であり
難産であっても決して死産ではない

しかし
それらの詩集や歌集や句集は
無数の情報の中に
行倒れ者か産業廃棄物のように
何の墓標も立てられずに埋葬されてゆく

ああ　詩人よ
歌人よ　俳人よ
あなたは　生を静かに叫ぶ者
生の控えめな主張の仕方を知っている人
生きた証の残し方を知っている人

しかし　あなたも
積み重ねられてゆく時間の中に

生きていたことを無視されるが如くに
何の墓標も立てられずに
埋葬されてゆく

私も

私たちは歴史的な存在であって
日本の歴史のほんの一時期を生きただけで
積み重ねられてゆく時間の中に
化石が地層の中に埋められてゆくように
埋葬されてゆくだけだ

何の墓標も立てられずに

赤西蠣太

舞台は江戸初期の伊達騒動である

赤西蠣太《かきた》は白石の殿様の命を受け
伊達兵部《ひょうぶ》の屋敷に潜入していた
三十四、五歳だというが誰の目にも四十以上に見える
醜男《ぶおとこ》な田舎侍らしい侍だった

伊達兵部《ひょうぶ》の悪事を記した密書を持って
白石に帰ることになった

しかし　どういう理由で伊達兵部《ひょうぶ》から
暇をもらうのが自然になるのかを
色々と考えた

蠣太《かきた》は醜男《ぶおとこ》な自分が小江《さざえ》という美しい腰元に
恋文を書いたら皆の評判になって
小江《さざえ》は怒り　いたたまれずに
夜逃げをしたということになると考え
恋文を書いて小江《さざえ》に渡した

一日、二日、三日と経って
小江《さざえ》から返事を渡された

そこには

自分はあなたを恋したことはないが
好意を感じていた
自分には前からあなたに対する尊敬があった
それが今急にはっきりしてきた
自分はあなたからお手紙を頂いて
ほんとうに初めて自分が求めていたものがはっきりした
　幸福です

と書いてあった

蠣太《かきた》の顔は紅くなった
夜が更けて床に入ったが
眠れない

しかし　彼の感動はだんだん静まり

侍としての役目へと返っていった
蠣太《かきた》は再び言い訳の恋文を書いて
わざと廊下に落とした

蠣太《かきた》は若侍などが寄ってこれを見て
笑うだろうと思った

ところが　翌朝
蠣太《かきた》は老女に呼ばれて
　私が拾ったからいいようなものの
　他人の手で拾われたらどうするおつもりです
と叱るように言われた

蠣太《かきた》は一言もなかった
彼はそれは彼のいい性質が
他人の心から反射してくるのだとは
気付かなかった
そして　兵部《ひょうぶ》は悪人だが
どうして皆こうよい人ばかりだろうと考えた

蠣太《かきた》は病気だと言って
部屋へ引き下がると
老女宛の置手紙を書いて
秘密の報告書を肌身につけて
夜の更けるのを待って屋敷を抜け出し
白石をさして急いだ

老女は殿様の兵部《ひょうぶ》に全てを見せた
兵部《ひょうぶ》や居合わせた侍たちは
醜男《ぶおとこ》の蠣太《かきた》と美しい小江《さざえ》との対照が
この上なくおかしかった

激しくうごめく地球

現在　オーストラリア大陸は
ニューギニアの方向である北に向かって
一年間に七センチメートルの速度で
移動している

南太平洋のトンガの島々を除くと
オーストラリアは現在の地球上で
最も速いスピードで移動している
大陸だ

日本列島は
今から五億二千万年前頃に
南中国大陸の東の端で形成が始まり
三千万年前頃に日本海ができはじめ
東の方向に移動してできた
島国だと考えられている

日本列島は
最初から現在の地形をしていたのではない
中国大陸から分離した後も
太平洋プレート　フィリッピン海プレート
北米プレート　ユーラシアプレートなどの
せめぎあいの中で
地球の中心部分を占めるマントルと

それによって形成されるマグマの気まぐれによって
時代によってさまざまに地形を変えつつ
形成されてきたのだ

日本アルプスも九州の地形も
太平洋プレート　フィリッピンプレートなどの
せめぎ合いと
マグマの気まぐれによって
形成されたのだ

現在の日本列島は
GPS*で観測すると
それぞれの地域は年々
様々な不均一な方向に移動して

各地で土地や地形のねじれが起こっているのが分かる

そのねじれの力に由来する
百数十年　数百年の間に蓄積された
膨大な力学的なエネルギーが解消されるように
活断層が一瞬にずれ動くたびに
巨大地震が発生してきた

地球は大昔から現在まで活きていて
その表面付近は
いくつものプレートが押し合いながら
常に動いている

地球の中心部分を占めるマントルの影響を受けた

マグマは
そのプレートの動きの合間をぬうように
予測不可能な行動をとりながら
常に新しい地形を形成してきた

現在私たちが住んでいる日本も
数百万年後には
どうなっているのかは全く分からないのだ

現在　今の大陸や島々に住む私たちも
将来どうなるのかは
全く分からないのだ

＊Global positioning system の略。人工衛星から発せられた電波を受信し、現在の位置を特定するシステム。

もっと光を！

聖書を読むたびに
私の心は重くなり
気が狂いそうになる

聖書には
何と多く「偽善者よ」とか「偽予言者よ」とか
「悪魔（サターン）」とか「悪鬼」という
言葉が書かれていることか

美しく魅力的な女性は皆

自分の嫁さんにしたいのに
「姦淫するなかれ」
「すべて色情を懐きて女を見るものは、
既に心のうち姦淫したるなり」
と　心の内面の微妙な領域にまで
踏み込んで言う

聖書の中の神は
私の良心を
これでもか　これでもかと
突き刺してくる

何故　罪！　罪！　罪！と
責めるのか

何故　偽善者よ！
偽善者よ！と
責めるのか

その痛みは
教会で牧師から説教を聞いても
祈っても消えない

私たちの罪は
神に向かって祈ったら
あるいは
神父に告白したら
消えるほど軽いものなのか

私たちは
罪を完全否定したり
偽善を完全否定したら
生きてゆけない存在なのだ

私たちは
牛や豚や羊や山羊や鶏や
鯨や魚や貝や海藻や穀物や野菜を殺して
食べないと生きてゆけない存在なのだから

動物としての雄は
有能な雌に心が惹かれる存在なのだから
雌だって優秀な雄のコドモを産もうと
どれが優秀な雄なのかを見極めようとしている

何故雨が少なく
牧畜以外の生業では生活できない人々は
生贄として子羊や子山羊の命を神に捧げるという
残酷な行為をするのか

私たちは
もともと罪深く
偽善者なのだ
罪！　罪！　罪！と責めるのではなく
光を与えて欲しい

もっと光を！
もっと光を！
もっと心の自由を！

私には
光と心の自由をくれるものが欲しい

それは　私にとっては
キリスト教の聖書ではない

聖書は
エルサレムを中心とするイスラエルや
エジプトなどの砂漠の地という厳しい条件の中で
暮らしていた人々の生活の日常や出来事の中での
罪と偽善に関する「福音」を取り繕う言葉に満ちた
一神教を基礎とする一冊の書物なのだ

その聖書の中の一神教の神は

仏教や神道などの多神教の神とは異なり
自分以外の神を崇拝することを禁じ
自分以外の神を崇拝する者を
異教徒とか異邦人と呼び
異教徒や異邦人を殺害することを命じる
嫉妬深く残虐な神なのだ

人をその心の内面にまで踏み入って
自分に服従させようとする神なのだ

なのに　何故
この地球上には
聖書を信じる人々が
数えきれないほど多数いるのか

この地球上に住む人間のなすことの多くは
無知と偽善の上でなされていることだ

生きるとは

私たちは生きている

生きているとは
成長すること

しかし
成長するということは
老いることだ

成長したとき

自分はもう若くはないことを
自覚する

そして
死に至る病気があることを知る

歴史上の著名な人にも
皆幼少期があり
成人してゆく中で戦いがあり
苦労や努力があり
殺されたり病気で死んでいった

歴史上の著名な人は皆
同じ時代を生きた有名無名の人たちと

一緒に死んでいったのだ

卑弥呼や
平清盛や源義経や源頼朝や源実朝や
北条政子や足利尊氏や日野富子や足利義昭や
織田信長や明智光秀や豊臣秀吉や
石田三成や徳川家康や
高杉晋作や坂本龍馬や近藤勇や土方歳三や
徳川慶喜や岩倉具視や西郷隆盛や大久保利通や
渋沢栄一なども皆
幼少期があり　成人してゆく中で
同じ時代を生きた有名無名の仲間たちと
敵との戦いがあり
苦労や努力がある中で

殺されたり病気で死んでいった

皆死ぬのだ

私たちは五十代や六十代になった時には
祖父母が高齢で死ぬことに出あう

ついで自分の親が高齢になって
死ぬことに出あう

すると論理的に
自分の息子や娘が五十代や六十代になる頃には
自分は高齢になっていて
死が近いことに気付かなければいけない

私は自分に向かって再び問いかける
それでは　生きるとは
どういうことなのだろうかと

不条理に対する戦い

妻の晶子も息子達も
何故
私が詩集を出版し
自然科学書を出版してきたかを
理解していない

それは
大阪大学理学部生物学科の学生として
理学部を卒業する時に
楠本賞を受賞しながらも

大学に在職中
教職員組合の書記長を経験した後
自殺未遂をして
精神科医のお世話にならざるを
得なかった
定年退職まで助手であった私の
不安と不条理に対する
告発であり戦いであり
どのように受容してきたかの告白なのだが
家族もそれを理解していないのだ

それも不条理だ
今は不安はないが

本能寺の変から関ヶ原の戦いまで

西暦一六〇〇年東軍の将徳川家康は
関ヶ原の戦いで
西軍の将石田三成らを破る

その二年前の一五九八年夏に
天下人である豊臣秀吉が
六十二歳で死んでいる

天下人である秀吉の人生は
一五八二年の本能寺の変に始まるとすると

わずかに十六年である

◇　◇

一五八二年本能寺の変
　山崎の合戦　明智光秀を破る
一五八三年賤ケ岳の戦い　柴田勝家を自決へ
一五八五年秀吉関白となる
一五八七年九州を平定
一五八七年頃茶々秀吉の側室となる
一五八九年茶々鶴松を産む
一五九〇年小田原征伐　秀吉全国を統一
一五九一年鶴松死ぬ
一五九一年千利休を切腹させる

一五九二年秀吉諸将をして朝鮮に出兵させる
一五九三年茶々秀頼を産む
一五九五年秀次高野山に追われ切腹
一五九七年再び朝鮮に出兵
一五九八年三月秀吉醍醐に花見
　　八月に死ぬ　六十二歳
古希にははるかに届かない

◇　◇

秀吉の天下人としての人生は
本能寺の変に始まるとすると
わずかに十六年である

長いというべきであろうか?!
短いというべきであろうか?!

空《くう》についての覚書

観《かん》自《じ》在《ざい》菩《ぼ》薩《さつ》　行《ぎょう》深《じん》般《はん》若《にゃ》波《は》羅《ら》蜜《みっ》多《た》時《じ》
照《しょう》見《けん》五《ご》蘊《うん》皆《かい》空《くう》　度《ど》一《いっ》切《さい》空《くう》厄《やく》
舎《しゃ》利《り》子《し》　色《しき》不《ふ》異《い》空《くう》　空《くう》不《ふ》異《い》色《しき》　色《しき》即《そく》是《ぜ》空《くう》　空《くう》即《そく》是《ぜ》色《しき》
受《じゅ》想《そう》行《ぎょう》色《しき》亦《やく》復《ぶ》如《にょ》是《ぜ》……と私は唱える

般若心経は
この世の実相は空であると識《し》れば
人生の全ての苦しみや悲しみや迷いは和らぐと
教える

そして何物にもとらわれない
人生が送れるようになると説く

◇　◇

初々しい乙女はやがて艶やかな女性となり
結婚をして　子を産み　老いて　死ぬ

私も

◇　◇

天に輝く星々は
今から百三十八億年前

物質も空間も時間さえもない
真空の無の*揺らぎの中で
原子核よりもずっと小さな存在として現れ
その存在は誕生と同時にインフレーションを起こし
そのインフレーションの終わりと同時に起こった
物質と光からなるビッグバンによって生まれた

ビッグバンの温度は十の三十二乗ケルビンという
常識では考えられないほどの高温であった

ビッグバンの最初の三分間は
宇宙は物質と反物質で満たされていた

十五分後には

光子　電子　陽子（水素の原子核）
中性子　ヘリウムの原子核（陽子と中性子からなる）
が高温のプラズマ状態で存在した

三十万年後　宇宙の温度は四千ケルビンまで低下し
電子が陽電荷を持った原子核に捕らえられて
陽子が一個の原子核からなる水素原子や
陽子が一個と中性子が一個の重水素や
陽子が二個と中性子の原子核からなるヘリウム原子が
生成した

宇宙空間の中で
この水素原子やヘリウム原子を中心とする
星間物質の分布に揺らぎが生じて　密度の高い部分に

重力で一層多くの水素原子やヘリウム原子が
集まって　星の中心が形成され　収縮して
再び　しだいに高温となり
一千万ケルビンを超えた時
陽子が一個の原子核からなる最も軽い水素が
核融合を始めて
宇宙で最初の星として輝きだして
陽子が二個と中性子の原子核からなる
ヘリウムが多量に生成するようになった

ビッグバン後の宇宙では
その水素とヘリウムが中心になって
核融合が起こり　多数の星が誕生した

その星が太陽よりも重ければ
中心部は一億ケルビンにも達し
ヘリウムが核融合を始めて
水素やヘリウムよりも重い
炭素や窒素や酸素が生成し
さらにネオンやマグネシウムやケイ素や
カルシウムなどが生成した

しかし　これらの星は
やがて超新星爆発で死んで
その星の中で生成した
いろいろな多量の元素を
真空の宇宙空間にばらまいた

私たちの太陽系は
ビッグバンの九十二、三億年後の
四十五、六億年前に
ビッグバン後の早い時期に生成した星々が
超新星爆発で死んでいった時に
宇宙空間に放出した元素がもとになって
誕生した

そして　この地球上に
原始地球誕生から約十億年経った
三十五、六億年前に生命が誕生し
いろいろなバクテリアや植物や動物に進化して
今　乙女やあなたや私は生きている

この地球上に生まれた乙女やあなたや私は
成長し　子孫を生み　老いて　死んでゆく

そして
火葬場で焼かれて
水蒸気や炭酸ガスや酸化窒素やカルシウムの
化合物に分解される

地球は今から百億年のうちには
膨張してくる太陽の高温で
場合によっては　その太陽に飲み込まれて
乙女やあなたや私の遺骨や地球上のあらゆる存在が
水素や炭素や窒素や酸素やカルシウムなどの
原子や素粒子にまで還元される

その太陽も
永遠の存在ではなくて
寿命があり　宇宙の中で消滅してゆく

そして無限に広大な宇宙の空間で
分子　原子　素粒子にまで還元された
乙女やあなたや私は
数億年数十億年という長い時間の経過の中で
天体同士の衝突という
極めて偶然な現象を含む
一定の天文学的条件と
物理学的条件と化学的条件と
生物学的条件が満たされた
地球に似た新しい星の上で

再び新しい生命となる

乙女やあなたや私を含めた
宇宙の全てのものは
真空の無の揺らぎ*から生まれ
実在しながらも
一定不変ではなく
時には消滅生成を繰り返し
常に変化している

◇　◇

名誉も名声もいつかは消えるものだと知ると
嫉妬も　執着することもなくなる

名誉名声なんて何だ
無名で生きて死んでもよい

初々しい乙女も才色兼備の艶めいた女性も
いつかは老いることを知ればよい

片思いなんて何だ
失恋なんて何だ

それでもなお
この世の中には
名誉や名声があることを知らなければいけない

初々しい乙女や

才色兼備の艶めいた女性には
心が惹かれることを認めなければいけない

◇　◇

誰かが言った
空**とは
かたよらないこころ
こだわらないこころ
とらわれないこころ

ケルビン：絶対温度の単位。水は二七三・一五ケルビン（セ氏〇度）で凍り、
三七三・一五ケルビン（セ氏一〇〇度）で沸騰する。

＊インフレーション以前の真空の揺らぎは、時間の揺らぎであって、その時間の揺らぎが極めて小さくなった瞬間に、不確定性原理で、巨大なエネルギーの揺らぎ、ビッグバンにつながるインフレーションが起きた可能性がある。

＊＊薬師寺（奈良市西ノ京）からのハガキより。

東京二〇二〇オリンピック・パラリンピックが終わった

二〇二一年九月五日東京オリンピックに続いて
パラリンピックが幕を閉じた

新型コロナウイルスデルタ株の強力な感染力により
感染者が膨大な数になる中で
オリンピックに続いてパラリンピックも
成功裏のうちに幕を閉じた

感染者が膨大な数になる中
ある新聞社はその社説でオリンピックの開催中止を主張した

横浜市長選挙では　首相が応援した候補者が大敗した

しかし　東京オリンピックもパラリンピックも
甲子園での全国高校野球も　プロ野球も
新型コロナウイルス感染者のＰＣＲ検査による発見と隔離や
ワクチン接種などにより
全て観客を入れない無観客としたり観客数を制限したが
大過なく成功裏に完遂できた

やろうとすれば周到な準備のもとで
成功させることができるのだ
未来のことは誰にも分からないし
特に新型コロナの場合はいつどこで感染して
重篤になり死ぬかもしれないという

不安なことばかりが多いのだが

パラリンピックでは
最初　両腕のない水泳選手たちが出場したり
義足の陸上選手が出場して異様な雰囲気を感じたが
卓球では両腕のない選手がラケットを口にくわえ
足でピンポン玉を蹴り上げてサーブする姿に
人間には可能性に限界がないことを知らしめた

東京オリンピック・パラリンピックは成功裏に終わり
それぞれの選手たちはいろいろな思いを
日本国民や世界の人々に与えて
それぞれの母国に帰国した

日本は国際的な責任を
果たした

しかし
菅内閣の支持率は三十数パーセントに
下落した

菅首相は
次期自民党総裁選挙に立候補することを明言していたが
突然に　コロナ対策に全力を挙げることを理由に
立候補しないと発言した

全てのことには終わりがある

全ての人が死ぬように
全てのことには
終わりがある

全ての新しい始まりも
いつしか古くなり
終わりを迎える

全ての人が死ぬように
全てのことには

終わりがある

不変の真理

この世で変わることのない真理は
変わらない存在はないということである
素粒子や原子や分子や物質や星の間に働いている
基本的な自然科学のいくつかの法則を除けば

地球を含めたこの宇宙の運動と存在を規定している
いくつかの物理法則・物理化学法則・化学法則を除けば
この世には不変の真理はないというのが
不変の真理である

私たち人類を初め全ての生物はこの地球上で
三十六億年前から常に進化と
その時の全生物種の九十五、六パーセント以上の
絶滅を繰り返しながら進化し続けて来たし
地球を含めたこの宇宙の運動と存在を組み立てている
物理法則と物理化学法則と化学法則の組み立て方は
時間とともに絶えず変わっているというのが
不変の真理である

したがって
人も　生物も　国も　地球も　宇宙も
時間とともに　時代とともに
絶えず変わってきたし
変わってゆくということが

不変の真理である

ＡＩと現代詩

最近　ＡＩ（Artificial Intelligence, 人工知能）には
俳句　短歌　詩が書けるだけではなく
小説さえも書けるようになってきた

俳句は季語を含んだ五、七、五音からなり
短歌は五、七、五、七、七音からなる定型短詩である

小説は散文であるが
一篇の小説にはリズムがある

現代詩は五七調や七五調を基本とする定型短詩よりも
多くの語彙からなり
小説よりも少ない語彙からなる一まとまりの
五七調や四六調などの定型以外の特有のリズムを持った
一種の韻文である

ＡＩは無数にある語彙の中から
ディープラーニングで
適切な語彙を選んで文章を作る

無数にある語彙はそのままでは
エントロピーが大きく
その大きなエントロピーの中から
適切な語彙を選ぶということは

エントロピーを小さくすることであるので
自然界で起こる現象の
反対のことをさせることになり
それ相応のエネルギーの供給が必要になる

ＡＩはすでに将棋の名人を負かし
囲碁の世界的レベルの名人をも負かすほどになった

韓国の世界的トップレベルのプロ棋士イ・セドル九段との対局で
四勝一敗と大きく勝ち越したアルファ碁Alpha Goは
人間のプロ棋士が打たないような手を
次々と打ってプロの解説者たちですら
悪手を打っているとしていたが
盤面が進むにつれて

アルファ碁が次第に有利になってゆくのを見て
困惑を隠せなくなっていった

しかし　そのアルファ碁が使った電力は
二十五万W（ワット）にもなった
ちなみに人間は二十一W（ワット）である

ＡＩは医療の面でも
専門の医師でも診断が難しいガンを
短時間で見抜くという成果を挙げている

最近の天文学では
恒星の周りを公転している惑星があると
恒星の光がわずか弱くなる現象に

ＡＩが使われるようになって
新しい系外惑星が見つかるようになった

自動車の自動運転も
ＡＩによってその可能性が非常に高くなった

将来は　私たちが書いた詩よりも
喜怒哀楽の感情を持たない
ＡＩが書いた詩の方が優れていると言われる
時代が来るかもしれない

独創的な研究者に

もしそのようなことが実現したら
人類の幸せや生活が大きく進歩するが
今までそれを実現した研究者は
一人もいないという中で
それを実現した独創的な研究がある

そのような独創的な研究は
世間で広く認められて
そのような研究をした研究者は
いろいろな賞を受賞する

その一方で
独創的な研究だと理解できる研究者が
一人か二、三人位しかいない
独創的な研究がある

そのような独創的な研究は
世間では認められず
そのような研究をした研究者は
賞を受賞することはない

愚鈍と言われながらも
独創的な研究だと理解できる研究者が
一人か二、三人位しかいない
独創的な研究をするような

そういう独創的な研究者に
私はなりたい

エピローグ

暑き日も寒さ厳しき日でさへも
耐えなばいつか秋や春は来

花散れば青き若葉の桜木に
この世の常こそ思はゆれ

鳴く雀野に咲く雑草《くさ》こそ愛しけれ
この世は空と思ふ我には

あとがき

仙厓和尚（一七五〇―一八三七）は、臨済宗の高僧です。仙厓和尚は死に際に、「死にとうない」と言って、枕元に集まった人々を驚かせたそうです。最後に言い残す言葉を期待していた人々は、あれほどの高僧が死に際に「死にとうない」と言ったので、皆驚いてしまったとのことです。

八十になって、大学を卒業する時には九人いた同級生のうち約半数は亡くなりました。私は、現在半跏趺坐も正座も出来なくなった状態で、ある負荷を掛けたマシンを脚で上下したり、ある重さのウエイトを腕で上げ下げは出来るので、筋肉トレーニングに励んでおります。

そういう中で一日生きると、一日だけ、亡くなった同級生にはもうできないことが、出来ることに気が付きました。私の「死にとうない」は、凡夫の言葉ですが、確かに一日だけ生きると、亡くなった同級生にはもう知ることが出来ないことが、一日だけ知ることが出来ることが分かったのです。四日、五日生きると、亡くなった同級生にはもうできない発見が、出来そうなのです。そういう意味で、私にとりましては、まだ「死にとうない」のです。そして、生きたいのです。

私が就職した大阪大学大学院基礎工学研究科生物工学分野は、大阪大学の中に新設されたのに大阪大学出身の教授は一人もおりませんでした。それぞれ一人の北海道大学の出身者と名古屋大学の出身者を除いて、外の全ては東京大学の出身者でした。助教授の中にも何人か東京大学の出身がいました。しかし、彼等にはポジティブな意味での研究業績がほとんどありません。私は「教授になると皆バカになる」という言葉を聞いたことがあります。何故でしょうか。

私は、七十代に入って第一詩集『シリウスよりも』（竹林館　２０１２年）を出版し、八十歳になってこの第十一詩集『生きる』（BookWay 書店　２０２２年）を出版することになりました。この間にあって、私は七十五歳から執筆と同時に文献検索をしつつ、ついに七十八歳で自然科学書『細胞膜の界面化学』（学術研究出版、BookWay 書店　２０２０年）を出版することができました。それは、私は定年退職まで教授・助教授・講師・助手と職階がある中で最低の、何をしても責任も問われないが何の権限も与えられていない、精神科医のお世話にならざるを得なかった国立大学の助手であったからであると考えております。

私は、結果としては遅咲きの花だったのかも知れません。しかし、人生においてはいくら遅くても遅すぎるということはないのです。人生においては、いくら遅くても、小さな花であっても花として咲かせることができたらよいのです。人間万事塞翁が馬なのです。この世の中は、不条理で充ち満ちております。

本詩集の出版に当たりましては、黒田貴子氏（小野高速印刷株式会社出版事業部）にいろいろとお世話になりました。ここに記して感謝の気持ちといたします。

二〇二二年三月　新型コロナウイルスが猛威を振るう中、東京二〇二〇オリンピック・パラリンピックが開催され、二〇二五年の大阪・関西万博に向かう日々の中で

著者記す

次の詩を書くにあたりそれぞれの作品を参考にしました。

「エピローグ――沈黙しつづけた神への手紙の追伸」：

遠藤周作『沈黙』（新潮社　２００７年）

「真空には何かが満ちている――素朴な疑問」：

『真空には何かが満ちている』、Newton（ニュートンプレス　２０１６年）、

『宇宙のはじまり』、Newton別冊（ニュートンプレス　２０２１年）

「死にとうない」：

堀和久『死にとうない　仙厓和尚伝』（新人物往来社　２０１０年）

「赤西蠣太」：志賀直哉『赤西蠣太』（集英社　２０１９年）

「激しくうごめく地球」：

堤之恭『絵でわかる日本列島の誕生』（講談社　２０１９年）

「空についての覚書」：

沼澤茂美・脇屋奈々代『宇宙』（成美堂出版　２０１２年）、

田中雅臣『星が「死ぬ」とはどういうことか』（ベレ出版　２０１５年）、

『宇宙のはじまり』、Newton別冊（ニュートンプレス　２０２１年）

著者紹介

清沢桂太郎（Keitaro Kiyosawa）

1941年　千葉県市川市に生まれる
1960年　市川高校（市川学園）卒業
1961年　大阪大学理学部生物学科入学
1965年　大阪大学理学部生物学科卒業
1969年　大阪大学大学院理学研究科生理コース博士課程中退　理学博士
1969年－2005年
大阪大学大学院基礎工学研究科生物工学分野、及び生命機能研究科に勤務
植物細胞生理学・植物生理学・生物物理化学・溶液化学を研究

所属　関西詩人協会　日本詩人クラブ　溶液化学研究会

既刊詩集
　第一詩集『シリウスよりも』（竹林館　2012年）
　第二詩集『泥に咲く花』（竹林館　2013年）
　第三詩集『大阪のおじいちゃん』（竹林館　2014年）
　第四詩集『ある民主主義的な研究室の中で』（竹林館　2014年）
　第五詩集『風に散る花』（竹林館　2015年）
　第六詩集『臭皮袋の私』（書肆侃侃房　2016年）
　第七詩集『宇宙の片隅から』（書肆侃侃房　2016年）
　第八詩集『浜までは』（BookWay　2019年）
　第九詩集『道に咲く花』（BookWay　2019年）
　第十詩集『若き日の悩み』（BookWay　2021年）

自然科学書『細胞膜の界面化学』（学術研究出版　BookWay　2020年）

現住所　562-0005 大阪府箕面市新稲5丁目20-17

清沢桂太郎詩集　生きる　独創的な研究者を目指して

2022年３月12日　初版発行

著　者　清沢桂太郎
発行所　学術研究出版
〒670-0933　兵庫県姫路市平野町62
［販売］Tel.079(280)2727　Fax.079(244)1482
［制作］Tel.079(222)5372
https://arpub.jp
印刷所　小野高速印刷株式会社

ISBN978-4-910733-04-3